Erwin und Elmire

Johann Wolfgang von Goethe

Edition : Culturea (Hérault, 34)
Contact : infos@culturea.fr
Retrouvez notre catalogue sur http://culturea.fr
Imprimé en Allemagne par Books on Demand
Design typographique : Derek Murphy
Layout : Reedsy (https://reedsy.com/)
ISBN : 9791041817238
Dépôt légal : Juin 2023

Ein Schauspiel mit Gesang

Den kleinen Strauß, den ich dir binde,
Pflückt ich aus diesem Herzen hier.
Nimm ihn gefällig auf, Belinde!
Der kleine Strauß, er ist von mir.

Personen.

Olimpia

Elmire, ihre Tochter

Bernardo

Erwin

Der Schauplatz ist nicht in Spanien.

Olimpia tritt herein und findet Elmiren traurig an einem Tische sitzen, auf den sie sich stemmt. Die Mutter bezeigt ein zärtliches Mißvergnügen und sucht sie zu ermuntern.

OLIMPIA.
Liebes Kind, was hast du wieder?
Welch ein Kummer drückt dich nieder?
Sieh! wie ist der Tag so schön;
Komm, laß uns in Garten gehn.
War das ein Sehnen,
War das ein Erwarten:
Blühten doch die Blumen!
Grünte doch mein Garten!
Sieh! die Blumen blühen all,
Hör! es schlägt die Nachtigall.
Was hast du? ich bitte dich, was hast du? klage, solange du willst, nur das Schweigen ist mir unausstehlich.

ELMIRE. Liebe Mama, man gibt sich den Humor nicht selbst.

OLIMPIA. Wenn's Humor wäre, wollt ich kein Wort sagen. Wenn dir eine Ratte durch den Kopf läuft, daß du einen Morgen nichts reden magst oder bei Tische das Maul hängst, sag ich da was drüber? Hat man jemals eine schönere Haushaltung gesehn als unsre, da man einander aus dem Wege geht, wenn man üblen Humors ist? Nein, Liebchen, du sollst nicht lachen, wenn dir's weinerlich ist; aber ich wollte, daß dir's nicht weinerlich wäre. Was ist dir, was fehlt dir? sag's! rede!

ELMIRE. Mir? Nichts, Mama.

OLIMPIA. Da sei Gott vor, daß du so ohne Ursache den Kopf hängst. Nein, das ist nichts. Und doch begreif ich nicht daß ein Mädel den Kopf hängt, die auf Erlösung paßt, wenn die nicht kommen will, das ist natürlich! daß eine verdrießlich ist, die nach allen Mannsleuten angelt und keinen fängt, sehr natürlich. Ist denn das dein Fall? Du, die du sechse haben kannst für einen, die du eine Mutter hast, die sagt: nimm, welchen du willt von den sechsen, und wenn dir ein siebenter etwa in die Augen sticht, dir etwa am Herzen liegt, sag mir ihn, nenn mir ihn!

Wir wollen sehn, wie wir ihm ankommen. Und doch immer Tränen in den Augen! bist du krank, willst mir's nicht sagen?

ELMIRE. Ich bin ja lustig.

Sie lächelt und wischt sich die Augen.

OLIMPIA. Das ist eine aparte Art von Lustbarkeit. Unterdes ich will's so annehmen. *Treffend.* Ich weiß wohl, wo dir's stickt!

ELMIRE *lebhaft*. Liebe Mama!

OLIMPIA *nach einer Pause.* An all dem Mißvergnügen, der üblen Laune unsrer Kinder sind wir selber schuld, ist die neumodische Erziehung schuld. Ich fühl's schon lang!

ELMIRE. Liebe Mama, daß Sie doch nie die Sorge gereuen möchte, die Sie auf mich verwendet haben.

OLIMPIA. Nicht das, meine Tochter, Ich sagt's deinem Vater oft; er wollte nun einmal ein kleines Meerwunder aus dir gemacht haben, du wurdest's und bist nicht glücklicher.

ELMIRE. Sie schienen doch sonst mit mir zufrieden zu sein.

OLIMPIA. Und bin's noch, und hätte gar nichts zu klagen, wenn du nur mit dir selbst zufrieden wärst. Wie ich jung war, ich weiß nicht, es war alles ganz anders. Zwar wirft man den Alten vor, sie lobten töricht das Vergangene und verachteten das Gegenwärtige, weil sie kein Gefühl dafür haben. Aber wahr bleibt wahr. Wie ich jung war, man wußte von all den Verfeinerungen nichts, sowenig man von dem Staate was wußte, zu dem man jetzt die Kinder gewöhnt. Man ließ uns lesen lernen und schreiben, und übrigens hatten wir alle Freiheit und Freuden der ersten Jahre. Wir vermengten uns mit Kindern von geringem Stand, ohne daß das unsre Sitten verderbt hätte. Wir durften wild sein, und die Mutter fürchtete nicht für unsern Anzug, wir hatten keine Falbalas zu zerreißen, keine Blonden zu verschmutzen, keine Bänder zu verderben; unsre leinene Kleidchen waren bald gewaschen. Keine hagre Deutsch-Französin zog hinter uns her, ließ ihren bösen Humor an uns aus und prätendierte etwa, wir sollten so steif, so eitel, so albern tun wie sie. Es wird mir immer übel, die kleinen Mißgeburten in der Allee auf und ab treiben sehn. Nicht anders sieht's aus, als wenn ein Kerl in der Messe seine Hunde und Affen mit Reifröcken und Fantangen mit der Peitsche vor sich her in Ordnung und auf zwei Beinen hält und es ihnen mit derben Schlägen gesegnet, wenn die Natur wiederkehrt und sie Lust kriegen, einmal à leur aise auf allen vieren zu trappeln.

ELMIRE. Darf ich sagen, Mama, daß Sie ungerecht sind, ein wenig übertreiben und die gute Seite nicht sehen wollen. Welche Vorzüge gibt uns die gegenwärtige Erziehung! die doch noch lang nicht allgemein ist.

OLIMPIA. Desto besser! Vorzüge? Ich dächte, der größte Vorzug in der Welt wäre, glücklich und zufrieden zu sein. So war unsere Jugend. Wir spielten, sprangen, lärmten und waren schon ziemlich große Jungfern, da uns noch eine Schaukel, ein Ballspiel ergötzte, und nahmen Männer, ohne kaum was von einer Assemblee, von Kartenspiel und Geld zu wissen. Wir liefen in unsern Hauskleidern zusammen und spielten um Nüsse und Stecknadeln und waren herrlich dabei; und eh man sich's versah, paff! hatten wir einen Mann.

ELMIRE. Man kriegt heutzutage auch Männer und ist auch lustig.

OLIMPIA. Aber wie? Da führen sie ihre Kinder zusammen. Sie sitzen im Kreis, wie die Damen; trinken ihren Kaffee aus der Hand, wie die Damen, statt daß man sie sonst um einen Tisch setzte und es ihnen bequem machte; so müssen sie anständig sein, wie die Damen; und auch Langeweile haben, wie die Damen; und sind doch Kinder von innen, und werden durchaus verdorben, weil sie gleich von Anfang ihres Lebens nicht sein dürfen, was sie sind.

ELMIRE. Unterdessen, unsre Lebensart verlangt's doch jetzt. Wenn wir erzogen würden wie vor alters, was für eine Figur würden wir in der Gesellschaft spielen?

OLIMPIA. Was für eine Figur, Mädchen? die Figur, die eure Mütter gespielt haben und deren ihr euch nicht zu schämen haben würdet. Glaubst du denn nicht, daß man ein angenehmes Mädchen, eine rechtschaffne Frau werden könne, wenn man die Erlaubnis gehabt hat, ein Kind zu sein? Dein Vater hat weder Schande an mir in der großen Welt erlebt, noch hatte er sich über mein häuslich Leben zu beklagen. Ich sage dir, die Kinderschuhe treten sich von selbst aus, wenn sie einem zu eng werden; und wenn ein Weib Menschenverstand hat, kann sie sich in alles fügen. Gewiß! die Besten, die ich unter unserm Geschlecht habe kennengelernt, waren eben die, auf deren Erziehung man am wenigsten gewendet hatte.

ELMIRE. Unsre Kenntnisse, unsre Talente!

OLIMPIA. Das ist eben das verfluchte Zeug, das euch entweder nichts hilft oder euch wohl gar unglücklich macht. Wir wußten von all der Firlfanzerei nichts; wir tappelten unser Liedchen, unsern Menuett auf dem Klavier und sangen und tanzten dazu; jetzt vergeht den armen Kindern das Singen und Tanzen bei ihren Instrumenten; sie werden auf die Geschwindigkeit dressiert und müssen, statt einfacher Melodien, ein Geklimpere treiben, das sie ängstigt und nicht unterhält; und wozu? Um sich zu produzieren! Um bewundert zu werden! Vor wem? wo? Vor Leuten, die' s nicht verstehen oder plaudern oder nur herzlich passen, bis ihr fertig seid, um sich auch zu produzieren und auch nicht geachtet und doch am Ende aus Gewohnheit oder Spott beklatscht zu werden.

ELMIRE. Das ist nie meine Art gewesen. Ich habe immer mehr für mich gelebt als für andre, und meine Gefühle, meine Ideen, die sich durch eine frühzeitige Bildung entwickelten, machten von jeher das Glück meines Lebens.

OLIMPIA. Und machen jetzt dein Elend. Was sind alle die edelsten Triebe und Empfindungen, da ihr in einer Welt lebt, wo sie nicht befriedigt werden können, wo alles dagegen zu arbeiten scheint! gibt das nicht Anlage zum tiefsten Mißvergnügen, Anlaß zum ewigen Klagen?

ELMIRE. Ich beklage mich nicht.

OLIMPIA. Nicht mit Worten, doch leider mit der Tat. Was hat ein Mädchen zu wünschen? Jugendliche Freuden zu haben? Die erlaub ich dir. Ihre kleine Eitelkeit zu befriedigen? Ich lasse dir's an nichts fehlen. Zu gefallen? Mich deuchte, du gefielst. Freier zu haben? Daran fehlt dir's nicht. Einen gefälligen, rechtschaffnen, wohlhabenden Mann zu bekommen? Du darfst nur wählen! Und hernach ist es deine Sache, eine brave Frau zu sein, Kinder zu kriegen, zu erziehen, und deiner Haushaltung vorzustehen; und das gibt sich, dünkt mich, alles von selbst. Also summa summarum *Sie klopft ihr auf die Backen* bist du ein Närrchen! Nicht wahr, Elmire?

ELMIRE *in Bewegung*. Ich möchte

OLIMPIA. Nur nicht aus der Welt laufen, das verbitt ich mir. Ich glaube, du gingst jetzo ins Kloster, wenn man dir die Freiheit ließe.

ELMIRE. Warum nicht?

OLIMPIA. Liebes Kind, ich versichre dich, es würde dir dort nicht besser werden, als dir's hier ist. Ein bißchen schwer ist's, sich mit sich selbst vertragen, und doch im Grund das einzige, worauf's ankäme. Jetzt da der junge Erwin; der hatte auch solche Knöpfe, es war ihm nirgends wohl. Und verzeih ihm Gott den dummen Streich und die Not, die er seiner Mutter macht. Ich begreif's nicht, was ihn bewogen haben kann, auf einmal durchzugehen. Keine Schulden hatte er nicht, war sonst auch ein Mensch nicht zur Ausschweifung geneigt. Nur die Unruhe, die Unzufriedenheit mit sich selbst ist's, die ihn ins Elend stürzt.

ELMIRE *bewegt*. Glauben Sie, Mama

OLIMPIA. Was ist natürlicher? Er wird herumirren, er wird Mangel leiden, er wird in Not kommen, er wird kümmerlich sein Brot verdienen, wird unter die Soldaten gehn.

ELMIRE. Gott im Himmel!

OLIMPIA. Ich versichre dich, wenn da draußen in der weiten Welt das Paradies der Dichter auffinden wäre, wir hätten uns in die Städte nicht eingesperrt.

ELMIRE *verlegen*. Erwin!

OLIMPIA. Es war ein lieber, guter Junge. Sonst so still, so sanft! Wie beliebt war er bei Hofe! Seine Geschicklichkeit, sein Fleiß ersetzte den Mangel eignes Vermögens. Hätte er warten können! Er ist von gutem Hause, ihm würd es an Versorgung nicht gefehlt haben. Ich begreife nicht, was ihn. zu dieser Entschließung gebracht hat Höre, Liebchen! Wenn du nicht in Garten willst, so geh ich allein.

ELMIRE. Erlauben Sie, Mama

OLIMPIA. Ich will dich nicht irren. Komm nach, wenn du willt. *Ab.*

ELMIRE *allein.* Liebste, beste Mutter! Wieviel Eltern verkennen das Wohl ihrer Kinder und sind für ihre dringendsten Empfindungen taub; und diese Mutter vermöchte mir nicht zu helfen mit all dem wahren Anteil an meinem Innersten Herzen. Wo bin ich? Was will ich? Warum vertraut ich ihr nicht schon lang meine Liebe und nicht meine Qual? Warum nicht eh? Armer Erwin! Sie wissen nicht, was ihn quälte, sie kannten sein Herz nicht! Weh dir, Elende, die du ihn zur Verzweiflung brachtest! Wie rein, wie zärtlich war seine Liebe! War er nicht der Edelste von allen, die mich umgaben, und liebt ich ihn nicht vor allen? Und doch könnt ich ihn kränken, konnte ihm mit Kaltsinn, mit anscheinender Verachtung begegnen, bis sein Herz brach, bis er, in dem Überfall des heftigsten Schmerzens, seine Mutter, seine Freunde und ach! vielleicht die Welt verließ Schrecklicher Gedanke! er wird mich ums Leben bringen.

Erwin! o schau, du wirst gerochen:
Kein Gott erhöret meine Not.
Mein Stolz hat ihm das Herz gebrochen,
O Liebe! gib mir den Tod.

So jung, so sittsam zum Entzücken!
Die Wangen! Welches frische Blut!
Und ach! in seinen nassen Blicken,
Ihr Götter! welche Liebesglut.

Erwin, o schau, du wirst gerochen;
Kein Gott erhöret meine Not.
Mein Stolz hat ihm das Herz gebrochen;
O Liebe! gib mir den Tod.

BERNARDO *kommt.* Gnädiges Fräulein, wie steht's? Um's Himmels willen, welche Miene! Versprachen Sie mir nicht, sich zu beruhigen?

ELMIRE. Habt Ihr Nachricht von ihm, Bernardo? habt Ihr Nachricht?

BERNARDO. Mein Fräulein

ELMIRE. Ihr habt keine, ich seh's, ich fühl's Euch an, das ist wieder das unerträgliche Alletagsgesicht, das Ihr macht.

BERNARDO. Sonst war Ihnen doch mein Gesicht nicht unerträglich, Sie schienen die Ruhe der Seele zu schätzen, die mich begleitet.

ELMIRE. Schätzt man doch alles, was man nicht hat. Und einem jungen wühlenden Herzen, wie beneidenswert muß ihm der ewige Sonnenschein über Euern Augenbraunen sein!

BERNARDO. Ist's denn nichts?

ELMIRE. Stille nur, du ergrimmst mich. Wenn man euch kennenlernt und so sieht, daß all eure Weisheit Mangel an Teilnehmung ist, und daß ihr in mitleidigem Erbarmen auf uns herabseht, weil euch das mangelt, was wir doch haben

BERNARDO. Ein allerliebster Humor!

ELMIRE. Erwin? *Bernardo schweigt.* Er ist verloren, und ich bin elend auf ewig!

BERNARDO. Überlassen Sie der Zeit, diesen Schmerz zu lindern. Glauben Sie mir, alle Empfindungen werden nach und nach schwächer, und wie eine Wunde verwächst, schwindet auch der Kummer aus der Seele.

ELMIRE. Abscheulich! abscheulich!

BERNARDO. Was hab ich verbrochen, daß Sie auf mich zürnen? Weil ich Ihnen Mut zuspreche, sind Sie aufgebracht? Nehm ich nicht am wärmsten Anteil an Erwinens Schicksal, liebt ich den Knaben nicht wie meinen Sohn? Nun, daß wir am Ende alle sterblich sind

ELMIRE. Unglücksvogel!

BERNARDO.

Hin ist hin,
Und tot ist tot!
Spare die vergebne Not,
Wirst ihn nicht dem Grab entziehn.
Tot ist tot!
Und hin ist hin!

Verweine nicht die schönsten Zeiten;
Ich wett, ich freie dir den zweiten,
Jung, schön und reich; keine Gefahr!
Wie manche trüge kein Bedenken,
Dem ändern Herz und Hand zu schenken,
So würdig auch der erste war!

Hin ist hin.
Und tot ist tot!
Spare die vergebne Not,
Wirst ihn nicht dem Grab entziehn.
Tot ist tot!
Und hin ist hin!

ELMIRE. Ich erkenne dich nicht, Bernardo! Es fällt mir von den Augen wie ein Schleier. So hab ich dich noch nie gesehen. Oder bist du betrunken? so geh und laß deinen Rausch bei einem Kammermädchen aus.

BERNARDO. Mir das, Fräulein?

ELMIRE. Du siehst, ich möchte dich verteidigen. Bist du nicht der Mann, der in meiner ersten Jugend mir das Herz zu bessern Empfindungen öffnete, der nicht nur mein französischer Sprachmeister, sondern auch mein Freund und Vertrauter war? Du kommst, meines Schmerzens zu spotten, ohngefähr wie ein reicher, wollüstiger Esel seine Gemeinsprüche bei so einer Gelegenheit auskramen würde.

BERNARDO. Soll ich Sie verderben? Soll ich Ihnen mit leerer Hoffnung schmeicheln? Handl' ich nicht nach meinem Gewissen, wenn ich Sie auf alle Weise zu bewegen suche, sich dem Schicksal zu ergeben?

ELMIRE. Wenn Ihr nur begreifen könntet, daß das gar nicht angeht. Schmerzenvolle Erinnerung, du bist das Labsal meiner Seele. Wäre er nicht so sittsam, so gut, so demütig gewesen, ich hätte ihn nicht so geliebt, und er wäre nicht unglücklich; er hätte merken müssen, daß ich mich oft nach ihm umsah, wenn er vor dem Schwarm unleidlicher eitler Verehrer zurücktrat. Nahm ich nicht seine Blumen mit Gefälligkeit an, aß ich nicht seine Früchte doch immer fällt's über mich, unerwartet fällt's über mich in dem Augenblick, da ich mich sehnlichst entschuldigen möchtet Ich habe ihn gepeinigt, ich hab ihn unglücklich gemacht.

BERNARDO. Wenn das so fortgeht, will ich mich empfehlen. Das ist nicht auszustehn, wie Sie sich selbst quälen!

ELMIRE. Und ihn, ich hab ihn nicht gequält? Habe nicht durch eitle, leichtsinnige Launen ihm den tiefsten Verdruß in die Seele gegraben? Wie er mir die zwei Pfirschen brachte, auf die er so lang ein wachsames Auge gehabt hatte, die ein selbstgepfropftes Bäumchen zum ersten Male trug. Er brachte mir sie, mir klopfte das Herz, ich fühlte, was er mir zu geben glaubte, was er mir gab. Und doch hatte ich Leichtsinn genug, nicht Leichtsinn, Bosheit! auch das drückt's nicht aus! Gott weiß, was ich wollte ich präsentierte sie an die gegenwärtige Gesellschaft. Ich sah ihn zurückweichen, erblassen, ich hatte sein Herz mit Füßen getreten.

BERNARDO. Er hatte so ein Liedchen, mein Fräulein; ein Liedchen, das er wohl in so einem Augenblick dichtete.

ELMIRE. Erinnerst du mich daran! Schwebt mir's nicht immer vor Seel und Sinn! Sing ich's nicht den ganzen Tag? Und jedesmal, da ich's ende, ist mir's, als hätt ich einen Gifttrank eingesogen.

Ein Veilchen auf der Wiese stand,
Gebückt in sich und unbekannt;
Es war ein herzigs Veilchen.
Da kam eine junge Schäferin
Mit leichtem Schritt und munterm Sinn
Daher! daher!
Die Wiese her und sang.

Ach! denkt das Veilchen, wär ich nur
Die schönste Blume der Natur,
Ach! nur ein kleines Weilchen.
Bis mich das Liebchen abgepflückt
Und an dem Busen matt gedrückt,
Ach nur! ach nur!
Ein Viertelstündchen lang.

Ach aber, ach! das Mädchen kam
Und nicht in acht das Veilchen nahm,
Er trat das arme Veilchen.
Und sank und starb und freut' sich noch:
Und sterb ich denn, so sterb ich doch
Durch sie! durch sie!
Zu ihren Füßen doch!

BERNARDO. Das wäre denn nun wohl recht gut und schön, nur seh ich kein End in der Sache. Daß Sie, mein Fräulein, ein zärtliches, liebes Herz haben, das weiß ich lange. Daß Sie es unter dieser gleichgültigen, manchmal spottenden Außenseite verbergen können, das ist Ihr Glück; denn dies hat Sie doch von manchem Windbeutel gerettet, der im Anfang vielleicht durch scheinende gute Eigenschaften einigen Eindruck auf Sie gemacht hatte. Daß nun der arme Erwin drüber unglücklich geworden ist, haben Sie sich nicht zuzuschreiben.

ELMIRE. Ich weiß, daß du unrecht hast, und kann dir doch nicht widersprechen; heißt man das nicht einen Sophisten, Bernardo? Mit all deinen Vernünfteleien wirst du mein Herz nicht bereden, mir zu vergeben.

BERNARDO. Gut, wenn Sie von mir nicht absolviert sein wollen, so nehmen Sie Ihre Zuflucht zu einem Beichtiger, zu dem Sie mehr Vertrauen haben.

ELMIRE. Spottest du? Ich sage dir, Alter, daß in solcher Lage der Seele nirgends Trost zu hoffen ist, als den uns der Himmel durch seine heiligen Diener gewährt. Gebet, tränenvolles Gebet, das mich auf meine Knie wirft, wo ich mein ganzes Herz drinne ausgießen kann, ist das einzige Labsal meines gequälten Herzens, der einzige trostvolle Augenblick, den ich noch genieße.

BERNARDO. Bestes, edelstes Mädchen, mein ganzes Herz wird neu, mein Blut bewegt sich schneller, wenn ich Sie sehe, wenn ich Ihre Stimme höre. Ich bitte Sie, verkennen Sie mich nicht. Alles in der Welt, wo ich Güte des Herzens, Größe der Seele finde, erinnert mich an Sie. Jede gute Stunde wünscht ich mit Ihnen zu teilen. Ach! ehegestern, wie hab ich an Sie gedacht, wie hab ich Sie zu mir gewünscht!

ELMIRE. Ist Ihnen auf Ihrer Spazierreise eine treffliche Gegend aufgestoßen? Haben Sie ein Schauspiel reizender Unschuld, einfachen, natürlichen Glücks begegnet?

BERNARDO. O meine Beste! wie soll ich's Ihnen ausdrücken, wie soll ich's Ihnen erzählen! Ich ritt früh von meinem Freunde, dem Pfarrer, weg, um zeitig in der Stadt zu sein. Allein bald nach Sonnenaufgang kam ich in das schöne Tal, wo der kleine Fluß lieblich im Morgennebel hinunter wallte; ich ritt über die Furt und sollte nun quer weiter meinen Weg. Da war's nun, wie ich hinabsah, gar zu schön! gar zu schön das Tal hin; ich denke: du hast Zeit, findest dich unten schon wieder, und so weiter ritt ich am Fluß ganz gelassen hinunter.

ELMIRE. Du wünschtest mich gewiß zu dir; so ein Morgen im Tale!

BERNARDO. Hören Sie, mein Fräulein! ja, ich dachte an Sie, an Ihre Trauer, und murrte heimlich über das Schicksal, das die besten Herzen zu solcher Not geschaffen hat. Ritte dann ein Wäldchen hinein, kam wieder an den Fluß, dann über Hügel, und wollte auf meinen Weg wieder links einlenken und fand, daß ich meine Direktion verloren hatte. Ich zerstudierte mich nach der Sonne, stieg ab, führte mein Pferd durch unwegsames Gebüsch, zerkratzte mich in den Sträuchen, zerstolperte mich und stund, eh ich mich's versah, wieder mit der Nase vor dem Fluß, der mit wunderbaren Krümmungen da hinabläuft. Es wurde felsiger, steiler; ich konnte weder auf noch ab, weder hinter mich noch vor mich.

ELMIRE. Armer Ritter!

BERNARDO. An meiner Stelle hätten Sie gewiß auch nicht gelacht. Aber wie war's mir, als ich aus dem Gebüsche mit freundlicher, trauriger Stimme einen Gesang schallen hörte! Es war ein stilles, andächtiges Lied. Ich rufe! ich gehe darauf los, ich schleppe mein Pferd hinter mir drein. Siehe! da erscheint mir ein Mann, voll Würde, edlen Ansehens, mit langem weißem Bart; und Jahre und traurige Erfahrung haben seine Gesichtszüge in unzählige bedeutende Falten gepetzt.

ELMIRE. Wie wurd's Ihnen bei dem Anblick?

BERNARDO. Wohl! sehr wohl! ich glaubte an Engel und Geister mehr als jemals in diesem Augenblick. Als er den Verirrten sah, bat er mich, in seine Hütte einzukehren; ich bedurfte einiger Erholung, und er versprach mir, die Pfade durchs Gebüsch zu zeigen, die mich der Stadt gar bald nahe bringen sollten; und so folgt ich ihm. O meine Beste, welche Empfindung fiel über mich her! alles, was wir von romantischen Gegenden geträumt haben, hält dieses Plätzchen in einem. Zwischen Felsen, etwas erhaben über den gedrängten Fluß, ein sanft steigender Wald, tiefer hinab eine Wiese, und sein Gärtchen, das alles überschaut, und seine Hütte, die Reinlichkeit, die Armut, seine Zufriedenheit! Was beschreib ich! Was red ich! Sie sollen ihn sehn.

ELMIRE. Wenn's möglich wäre.

BERNARDO. Sie sollen! Sie müssen! Nie wird aus meinem Herzen der Eindruck verlöschen, den er drinne zurückließ. Ich mag die goldnen Worte nicht wiederholen, die aus seinem Munde flossen. Sie sollen ihn selbst hören. Sie sollen entzückt werden und beruhigt in Ihrem Herzen zurückkehren.

ELMIRE. Du mußt meine Mutter bereden, ja, Bernardo. Aber allein mit dir will ich hin! Will hin! die Würklichkeit des Traums, der Hoffnung zu sehen, die ich mir in einsamen Stunden mache, so entfernt der Welt, in mich selbst gekehrt mein Leben auszuweinen und an dem Busen der Natur eine freundliche Nahrung für meinen Kummer einzusaugen.

Ich muß, ich muß ihn sehen,
Den göttergleichen Mann!

BERNARDO.
Ich will, ich will nur sehen,
Ob er nicht trösten kann!

ELMIRE.
Keinen Trost aus seinem Munde,
Nur Nahrung meinem Schmerz!

BERNARDO.
Er heilet deine Wunde,
Beseliget dein Herz.

Elmire ab.

BERNARDO *allein.* Wie's uns Alten so wohl wird, wenn wir eine feine Aussicht haben, ein paar gute junge Leute zusammenzubringen! Weine nur noch ein Weilchen, liebes Kind! weine nur! es soll dir wohl werden. Hab ich ihn doch wieder! und die Mutter ist's zufrieden, wenn ich ihm ein Amt schaffe; und das gibt der Minister gern, wenn ich ihm nur Erwinen wieder schaffe. Sie mag ihm dann noch eine hübsche Aussteuer dazu geben. Die Sache ist richtig. Schön! trefflich schön! Wenn's auch so ein paar Geschöpfchen drum zu tun ist, sich zu haben, soll man nicht alles dazu beitragen? So ein alter Kerl ich bin, wo ich Liebe sehe, ist mir's immer, als wär ich im Himmel.

Ein Schauspiel für Götter,
Zween Liebende zu sehn!
Das liebste Frühlingswetter
Ist nicht so warm, so schön.

Wie sie stehn,
Nach einander sehn,
In vollen Blicken
Ihre ganze Seele strebt!
In schwebendem Entzücken
Zieht sich Hand nach Hand,
Und ein schaudervolles Drücken
Knüpft ein daurend Seelenband.

Wie um sie ein Frühlingswetter
Aus der vollen Seele quillt!
Das ist euer Bild, ihr Götter!
Ihr Götter, euer Bild!

Zwischen Felsen eine Hütte, davor ein Garten

ERWIN *im Garten arbeitend. Er bleibt vor einem Rosenstock stehen, an dem die Blumen schon abfallen.*

Ihr verblühet, süße Rosen,
Meine Liebe trug euch nicht.
Blühtet, ach! dem Hoffnungslosen,
Dem der Gram die Seele bricht.

Jener Tage denk ich traurend,
Als ich, Engel, an dir hing;
Auf das erste Knöspchen laurend
Früh zu meinem Garten ging,

Alle Blüten, alle Früchte
Noch zu deinen Füßen trug,
Und vor deinem Angesichte
Hoffnungsvoll die Seele schlug.

Ihr verblühet, süße Rosen,
Meine Liebe trug euch nicht.
Blühtet, ach! dem Hoffnungslosen,
Dem der Gram die Seele bricht.

Was hab ich getan! Welchen Entschluß hab ich gefaßt! Was hab ich getan! Sie nicht mehr sehn! Abgerissen von ihr! Und fühlst du nicht, Armseliger, daß der beste Teil deines Lebens zurückgeblieben ist und das übrige nach und nach traurig absterben wird! O mein Herz! Wohin! Wo treibst du mich hin! Wo willst du Ruhe finden, da du von dem Himmel ausgeschlossen bist, der sie umgibt? Täusche mich, Phantasie! wohltätige Zauberin, täusche mich! Ich sehe sie hier, sie ist immer gegenwärtig vor meiner Seele. Die liebliche Gestalt schwebt vor mir Tag und Nacht. Ihre Augen blinken mich an! Ihre heiligen, reinen Augen! In denen ich manchmal Güte, Teilnehmung zu lesen glaubte Und sollte meine Gestalt nicht auch ihr vorschweben, sollte ich, den sie so oft sah, nicht auch in zufälliger Verbindung ihrer Einbildungskraft erscheinen! Elmire, und achtest du nicht auf diesen Schatten? Hältst du ihn nicht freundlich einen Augenblick fest? Fragst du nicht: was hast du angefangen, Erwin? wo bist du hin, Junge? Fragt man doch nach einer Katze, die einem entläuft. Vergebens! Vergebens! In den Zerstreuungen ihrer bunten Welt vergißt sie den Abgeschiednen, und mich umgibt die ewig einfache, die ewig neue Qual, dumpfer und peinigender, als die mich in ihrer Gegenwart faßte. Abwechselnde Hoffnung und Verzweiflung bestürmen meine rastlose Seele.

Inneres Wühlen
Ewig zu fühlen;
Immer verlangen,
Nimmer erlangen;
Fliehen und streben,
Sterben und leben,
Höllische Qual,
Endig' einmal.

BERNARDO *kommt*. Erwin!

ERWIN. Bernardo! grausamer Bernardo! verschonst du mich nicht mit deiner Gegenwart! ist es nicht genug, daß du meine einsame Wohnung ausspähtest, daß ich nicht mehr ruhig und einsam hier bleiben kann; mußt du mir so oft wieder erscheinen, jedes verklungene, jedes halb eingeschlafene Gefühl auf das menschenfeindlichste wecken! Was willst du? Was hast du mit mir? Laß mich, ich bitte dich!

BERNARDO. Immer noch in deiner Klause, immer noch fest entschlossen, der Welt abzusagen?

ERWIN. Der Welt? wie lieb ist mir's, daß ich mich herausgerettet habe. Es hat mich gekostet; nun bin ich geborgen. Mein Schmerz ist Labsal gegen das, was ich in dem verfluchten Neste von allen Seiten auszustehen hatte.

Auf dem Land und in der Stadt
Hat man eitel Plagen!
Muß ums bißchen, was man hat,
Sich mit 'm Nachbar schlagen.
Rings auf Gottes Erde weit
Ist nur Hunger, Kummer, Neid,
Dich hinauszutreiben.

BERNARDO.

Erdennot ist keine Not
Als dem Feig' und Matten.
Arbeit schafft dir täglich Brot,
Dach und Fach und Schatten.
Rings, wo Gottes Sonne scheint,
Findst ein Mädchen, findst einen Freund,
Laß uns immer bleiben!

ERWIN. Sehr glücklich! Sehr weise!

BERNARDO. Junge! Junge! Wenn ich dich nicht so liebhätte –

ERWIN. Hast du mich lieb, so schone mich!

BERNARDO. Daß du zugrunde gehst!

ERWIN. Nur nicht, daß ich dir folgen soll, daß ich zurückkehren soll. Ich habe geschworen, ich kehre nicht zurück!

BERNARDO. Und weiter?

ERWIN. Habe Mitleiden mit mir. Du weißt, wie mein Herz in sich kämpft und bangt, daß Wonne und Verzweiflung es unaufhörlich bestürmen. Ach! warum bin ich so zärtlich, warum bin ich so treu!

BERNARDO. Schilt dein Herz nicht, es wird dein Glück machen.

ERWIN. In dieser Welt, Bernardo?

BERNARDO. Wenn ich's nun garantiere?

ERWIN. Leichtsinniger!

BERNARDO. Denn, glaub mir, die Mädchen haben alle eine herzliche Neigung nach so einem Herzen.

Sie scheinen zu spielen,
Voll Leichtsinn und Trug;
Doch glaub mir! sie fühlen;
Doch glaub, sie sind klug.

Ein feuriges Wesen!
Ein trauriger Blick!
Sie ahnden, sie lesen
Ihr künftiges Glück.

ERWIN. Die Mädchen! Ha! was kennen, was fühlen die! Ihre Eitelkeit ist's, die sie etwa höchstens einigen Anteil an uns nehmen läßt. Uns an ihrem Triumphwagen auf und ab zu schleppen! Wenn sie Langeweile haben, wenn sie nicht wissen, was sie wollen, da sehnen sie sich freilich nach etwas; und dann ist ein Liebhaber oder ein Hund ein willkommnes Geschöpf. Den streichlen und halten sie wohl, bis es ihnen einfällt, ihn zu necken und von sich zu stoßen; da denn der arme Teufel ein lautes Gepelfere verführt und mit allen Pfötchen kratzt, wieder gnädig aufgenommen zu werden und dann laßt ihnen einen andern Gegenstand in die Sinnen fallen, auf und davon sind sie und vergessen alles, was man auch glaubte, daß ihnen noch so nah am Herzen läge.

BERNARDO. Wohl gesprochen.

ERWIN. Unterhalten, amüsiert wollen sie sein, das ist alles. Sie schätzen dir einen Menschen, der an einem fatalen Abende in der Karte mit ihnen spielt, so hoch als den, der Leib und Leben für sie hingibt.

BERNARDO. Wichtiger Mensch! Was hast du denn noch für ein Mädchen getan, daß du dich über sie beklagen darfst? Nimm ein liebenswürdig Weib, versorge sie und ihre Kinder, trage Freud und Leid des Lebens mit ihr; und ich versichre dich, sie wird dankbar sein, wird jeden Tag mit neuer Liebe und Treue dir um den Hals fallen.

ERWIN. Nein! Nein! Sie sind kalt, sie sind flatterhaft.

BERNARDO. Ist's nicht schlimm für eine, wenn sie warm, wenn sie beständig ist? wenn sie da, wo ein junger Herr achttägigen Zeitvertreib bei ihr suchte, eine daurende Verbindung hofft, dem lügenhaften Schein traut und sich einbildet, eine Aussicht von ganzem Glück ihres Lebens vor sich zu haben?

ERWIN. Ich will nichts hören! all deine Weisheit paßt nicht auf mich. Ich liebte sie für ewig! Ich gab mein ganzes Herz dahin. Aber daß ich arm bin, war ich verachtet. Und doch hofft ich durch meinen Fleiß sie so anständig zu versorgen als einer von den übertünchten Windbeuteln. Alles hätte ich getan, um sie zu besitzen.

BERNARDO. Alles getan? Ja unter andern gingst du auch auf und davon.

ERWIN. Wenn ich nicht umkommen, nicht an meiner ewig zurückgetriebenen Leidenschaft ersticken wollte!

Sein ganzes Herz dahinzugeben
Und, Götter, so verachtet sein!
Das untergräbt das innre Leben,
Das ist die tiefste Höllenpein.

BERNARDO. Hier gilt nun freilich nicht, was man sonst zu sagen pflegt: daß Verliebte so ein feines Gefühl haben, wie die Schnecken an den Hörnern, um zu spüren, ob man ihnen wohl will oder nicht.

ERWIN. Wem auch das sein Herz nicht sagte, der wäre

BERNARDO. Nur kein Esel, sonst kämst du in Gefahr

ERWIN. Was?

BERNARDO. Einen Sack nach der Mühle zu tragen.

ERWIN. Ich kann nicht sagen: leb wohl! denn ich bin zu Hause.

BERNARDO. Also wenn ich mich zu Gnaden empföhle –

ERWIN. Bernardo

BERNARDO. Nähmst du's nicht übel.

ERWIN. Mensch ohne Gefühl! der du dies Heiligtum meines Schmerzens mit kalten Sophismen und Spott entweihst; hier, wo eine anhaltende reine Trauer umherschwebt und mich erhält und verzehrt

BERNARDO. Und damit wir des Wesens ein Ende machen zog Er nicht den Kopf aus dem schwarzen Loche des Todes wieder zurück, wenn einer Ihn zupfte und rief: sie liebt dich?

ERWIN. Es ist falsch!

BERNARDO.
Sein ganzes Herz dahinzugeben
Und wieder ganz geliebt zu sein,
Ist das nicht reines Himmelsleben?
Und welch ein Tor macht sich's zur Pein?

ERWIN.
Sein ganzes Herz dahinzugeben
Und, Götter, so verachtet sein!
Das untergräbt das innre Leben,
Das ist die tiefste Höllenpein.

BERNARDO. Erwin!

ERWIN. Bernardo?

BERNARDO. Sieh mich an!

ERWIN. Nein!

BERNARDO. Nicht wild, nicht wirre! sieh mich starr an, und gut, und fest! Erwin! Erkennst du deinen Bernardo?

ERWIN. Was willst du mit mir?

BERNARDO. Sei ruhig und sieh mich an! Bin ich Bernardo, der dein ganzes Zutrauen, dein ganzes Herz hatte? Bin ich Bernardo, der dich nie betrog, nie deiner Empfindung spottete, sie nie täuschte, willst du mir glauben?

ERWIN. Wer widerstünde dieser Stimme, diesem Ausdruck des edelsten Herzens! Rede, Bernardo! rede!

BERNARDO. Erwin! Sie liebt dich.

ERWIN *in äußerster Bewegung sich wegwendend.* Nein! Nein!

BERNARDO. Sie liebt dich!

ERWIN *ihm um den Hals fallend.* Ich bitte dich, laß mich sterben!

Nach einer Pause hört man von weiten Elmiren singen, Erwin fährt auf.

BERNARDO. Horch!

ERWIN. Ich vergehe! das ist ihre Stimme! Wie mir der Ton durch alle Sinnen lauft! Rede! Rede! Sie ist's!

BERNARDO. Sie kommt!

ERWIN. Weh mir! Wohin? Wohin?

BERNARDO. Geschwind in die Hütte. Du sollst mit eignen Ohren hören, mit eignen Augen sehen. Ungläubiger! *Er hebt einen Pack auf, den er zu Anfang der Szene an einen Baum geworfen.* Hier hab ich deine Maske mitgebracht. Komm, heiliger Mann. Erhole dich, du bist außer dir.

Er führt Erwinen ab, der ihm in der größten Verwirrung folgt.

ELMIRE *kommt singend das Tal her.*

Mit vollen Atemzügen
Saug ich, Natur, aus dir
Ein schmerzliches Vergnügen.
Wie lebt,
Wie bebt,
Wie strebt
Das Herz in mir!

Freundlich begleiten
Mich Lüftlein gelinde,
Flohene Freuden
Ach! säuseln im Winde,
Fassen die bebende,
Strebende
Brust.
Himmlische Zeiten!
Ach! wie so geschwinde
Dämmert und blicket
Und schwindet die Lust!

Du lachst mir, liebes Tal,
Und du, o reine Himmelssonne,
Erfüllst mich wiederum einmal
Mit aller süßen Frühlingswonne.
Weh mir! Ach! sonst war meine Seele rein,
Genoß so friedlich deinen Segen.
Verbirg dich, Sonne, meiner Pein,
Verwildre dich, Natur, und stürme mir entgegen!

Die Winde sausen,
Die Ströme brausen,
Die Blätter rascheln
Dürr ab ins Tal.
Auf steiler Höhe
Am nackten Felsen
Lieg ich und flehe;
Im tiefen Schnee,
Auf öden Wegen,
Gestöber und Regen,
Fühl ich und flieh ich
Und suche die Qual.

BERNARDO. Ach! sind Sie da, mein Fräulein?

ELMIRE. Ich schlenderte so das Tal herauf, wie du es haben wolltest.

BERNARDO. Was haben Sie? Wie ist Ihnen?

ELMIRE *sich erholend.* Gut, recht gut. Wie im Paradiese! und die Hütte sie ist's! kann ich ihn sehen! ein Schauer überfällt mich, da ich ihm nahen soll.

BERNARDO. Gleich. Er kommt gleich. Ich fand ihn im Gebet begriffen aber was übel ist: er gab mir durch Zeichen zu verstehen, daß er ein Gelübde getan habe, einige Monate kein Wort zu reden.

ELMIRE. Eben, da wir kommen?

BERNARDO. Indessen treten Sie kecklich zu ihm, eröffnen Sie ihm Ihr Herz. Er wird Ihre Leiden fühlen, und sein Schweigen selbst wird Ihnen Trost sein, seine Gegenwart. Vielleicht gibt er Ihnen schriftlich ein tröstend Wörtchen, und wenn wir ihn wieder besuchen, so ist die Bekanntschaft gemacht.

Erwin, mit langem Kleide, weißem Bart verhüllt, tritt aus der Hütte.

BERNARDO. Er kommt, ich lasse Sie.

ELMIRE. Mir vergeht Himmel und Erde bei seinem Anblick!

Erwin tritt näher; sie grüßt ihn; er ist in der äußersten Verlegenheit, die er zu verbergen sucht.

Sieh mich, Heil'ger, wie ich bin,
Eine arme Sünderin.
Angst und Kummer, Reu und Schmerz
Quälen dieses arme Herz.
Sieh mich vor dir unverstellt,
Herr, die Schuldigste der Welt.

Ach! es war ein junges Blut,
War so lieb, er war so gut,
Ach! so redlich liebt' er mich,
Ach! so heimlich quält' er sich
Sieh mich, Heil'ger, wie ich bin,
Eine arme Sünderin.

Ich vernahm sein stummes Flehn,
Und ich konnt ihn zehren sehn,
Hielte mein Gefühl zurück,
Gönnt ihm keinen holden Blick.
Sieh mich vor dir unverstellt,
Herr, die Schuldigste der Welt.

Ach! so neidscht und quält ich ihn,
Und so ist der Arme hin!
Schwebt in Kummer, Mangel, Not,
Ist verloren! Er ist tot!
Sieh mich, Heil'ger, wie ich bin,
Eine arme Sünderin.

Erwin zieht eine Schreibtafel heraus, schreibt mit eifernder Hand einige Worte, faltet sie zusammen und gibt sie ihr. Sie will es aufmachen, er hält sie ab und macht ihr ein Zeichen, sich zu entfernen.

Ich verstehe dich, würdiger Sterblicher; ich soll weg, soll dich deinen heiligen Gefühlen überlassen, soll diese Tafel in deiner Gegenwart nicht eröffnen. Wann darf ich es tun? Wann darf ich diese heiligen Züge schauen, küssen, in mich trinken?

Erwin deutet in die Ferne.

Wenn ich werde an jene hohe Linde gekommen sein, die an dem Pfade neben dem Fluß steht?

Erwin nickt.

Leb wohl! für diesmal wohl! du fühlst, daß mein Herz bei dir zurückbleibt. *Ab.*
ERWIN *mit ausgestreckten Armen schaut ihr einige Augenblicke stumm nach, dann reißt er die Maske weg und den Mantel, und die Musik fällt ein.*

Ha! sie liebt mich!
Sie liebt mich!
Welch schreckliches Beben!
Fühl ich mich selber?
Bin ich am Leben?
Ha! sie liebt mich!
Sie liebt mich!

Ha! rings so anders!
Bist du's noch, Sonne?
Bist du's noch, Hütte?
Trage die Wonne,
Seliges Herz!
Sie liebt mich!
Sie liebt mich!

BERNARDO *hervortretend.*
Ja, sie liebt dich,
Sie liebt dich!
Siehst du, die Seele
Hast du betrübet;
Immer, ach immer
Hat sie dich geliebet.

ERWIN.
Ich bin so freudig,
Fühle so mein Leben!
Götter, selbst Götter
Würden mir vergeben.

BERNARDO.
Ach! ihre Tränen,
Tust ihr nicht gut.

ERWIN.
Sie zu versöhnen,
Fließe mein Blut.
Sie liebt mich?

BERNARDO.
Sie liebt dich!
Wo ist sie hin?

ERWIN. Ich habe sie den Weg hinab geschickt, um nicht von Füll und Freude des Tods zu sein. Ich schrieb ihr auf ein Täfelchen: »Er ist nicht weit«.

BERNARDO. Sie kömmt! Nur einen Augenblick in dies Gesträuch! *Sie verbergen sich.*

ELMIRE.
Er ist nicht weit!
Wo find ich ihn wieder?
Er ist nicht weit!
Mir beben die Glieder,
O Hoffnung! o Glück!

Wo geh ich? Wo such ich?
Wo find ich ihn wieder?
Ihr Götter, erhört mich!
O gebt ihn zurück!
Erwin! Erwin!

ERWIN. Elmire! *Er springt hervor.*

ELMIRE. Weh mir!

ERWIN *zu ihren Füßen.* Ich bin's.

ELMIRE *an seinem Hals.* Du bist' s.

Die Musik wage es, die Gefühle dieser Pausen auszudrücken.

BERNARDO.
O schauet hernieder,
Ihr Götter, dies Glück!
Da hast du ihn wieder,
Da nimm sie zurück.

ERWIN.
Ich habe dich wieder,
Hier bin ich zurück!
O schauet hernieder
Und gönnt mir das Glück.

ELMIRE.
Ich habe dich wieder,
Mir trübt sich der Blick.
Ich sinke darnieder,
Mich tötet das Glück.

BERNARDO. Empfindet, meine Kinder, empfindet den ganzen Umfang eurer Glückseligkeit! Dieser Augenblick heilet alle Wunden eurer Herzen, die Welt wird wieder neu für euch, und ihr schaut in eine grenzenlose Aussicht von liebevoller, ungetrennter Freude.

ERWIN. Mein Vater! Hier halt ich sie in meinen Armen! Sie ist mein!

ELMIRE. Ich hab eine Mutter, zwar eine liebevolle Mutter; doch, wird sie in unser Glück willigen?

ERWIN. Kann ich ihr wert scheinen?

BERNARDO. Da seid unbesorgt vor! es ist, war ihr so angelegen als mir, euch Närrchen zusammenzubringen. Und wir beide haben mit größter Sorgfalt auch schon euern häuslichen und politischen Zustand in Ordnung gebracht, woran sich's meistenteils bei so idealischen Leutchen zu stoßen pflegt.

ERWIN. Himmel und Erde, was soll ich sagen?

BERNARDO. Nichts! das ist das sicherste Zeichen, daß dir's wohl ist, daß du dankbar bist! Nun kommt! unser Wagen hält eine Strecke das Tal droben. Ich bring euch an das Herz eurer Mutter, welcher Jubel für die rechtschaffne, liebevolle Alte! kommt!

ERWIN. Kommt! *Sie gehen, Erwin hält auf einmal und kehrt sich nach der Hütte.* Ich gehe und schaue mich nicht nach dir um! danke dir nicht! ehre dich nicht! sage dir kein Lebewohl, du freundlichste Wirtin meines Elends *Entzückt zu Elmiren.* O Mädchen, Mädchen, was macht ihr uns nicht vergessen!

Gegen die Hütte.

Vergib mir die Eile!
Ich weile
Nicht länger hier.
Verzeihe!
Ich weihe
Noch diese Träne dir.

Zu Elmiren.

Engel des Himmels!
Deinem sanften Blicke
Dank ich all mein Glücke,
Mein Leben dank ich dir!

Gegen die Hütte.

Verzeihe!
Ich weihe
Noch diese Träne dir.

ELMIRE.
Ach! ich atme freier,
Du hast mir vergeben.
All mein künftig Leben,
Liebster! weih ich dir.

BERNARDO.
Zu dem heil'gen Orte
Kehrt ihr einst zurücke,
Fühlet alles Glücke
Alles Lebens hier.

ERWIN.
Engel des Himmels!
Deinem sanften Blicke
Dank ich all mein Glücke,
Mein Leben dank ich dir.